AF355840

LE JOURNAL DE PARIS

Chronique de l'Hôtel Drouot

47, RUE LE PELETIER, 47

PARIS

NOTICE

DES

OBJETS D'ART

DE CURIOSITÉ

D'AMEUBLEMENT

ET DES

TABLEAUX ANCIENS

DONT LA VENTE AURA LIEU

Par suite du décés de M. le comte DE MASIN

———

Mᵉ **Victor MARQUIS**, commissaire-priseur

A VERSAILLES

12, Rue de la Pompe, 12

M. Charles MANNHEIM	M. FÉRAL
EXPERT	PEINTRE-EXPERT
7, rue Saint-Georges, 7	54, Faubourg-Montmartre, 54
PARIS	PARIS

1889

NOTICE

DES

OBJETS D'ART

DE CURIOSITÉ ET D'AMEUBLEMENT

PORCELAINES

de la Chine, du Japon, de Saxe, de Sèvres, de Chantilly, etc.

OBJETS VARIÉS

GRAND PLATEAU EN ANCIENNE FAIENCE DE ROUEN

PENDULES, CHENETS, FLAMBEAUX, LUSTRES

En bronze doré

MEUBLES EN MARQUETERIE DE BOIS

Des époques Louis XV et Louis XVI

GRANDES GLACES AVEC CADRES ANCIENS

EN BOIS SCULPTÉ ET DORÉ

TAPISSERIES

ÉTOFFES, DENTELLES

TABLEAUX ANCIENS

des Ecoles Flamande. Hollandaise, Italienne et Française

Dans des cadres en bois sculpté

GRAVURES ET ESTAMPES

Meubles modernes, Literie, Tapis, Rideaux

PIANO A QUEUE DE PLEYEL

Dont la vente aura lieu, par suite du décès de M. le comte de **Masin.**
à Versailles, boulevard du Roi, 1.

**Les Lundi 28, Mardi 29, Mercredi 30, Jeudi 31 Janvier, Vendredi 1ᵉʳ,
Samedi 2 Février 1889**, à une heure et demie.

Par le ministère de Mᵉ **Victor MARQUIS**, commissaire-priseur,
à Versailles. rue de la Pompe, 12.

Assisté de M. CHARLES MANNHEIM, expert, 7, rue Saint-Georges
à Paris.

Et de M. FÉRAL, peintre-expert, 54, rue du Faubourg-Montmartre,
à Paris.

Chez lesquels se trouve la présente notice qui servira d'entrée à l'exposition particulière

---

EXPOSITIONS :

Particulière, le Samedi 26 Janvier } de 1 heure à 4 heures.
Publique, le Dimanche 27 Janvier }

—

1889

ORDRE DE LA VENTE

Le premier jour, *Lundi* : Les Tableaux.

Le deuxième jour, *Mardi* : La suite des Tableaux et les Gravures.

Le troisième jour, *Mercredi* : Les Porcelaines, les Faïences et les cristaux.

Le quatrième jour, *Jeudi* : Les Bronzes d'ameublements, les Meubles riches, les G'aces, les Tapisseries, les Etoffes et les dentelles.

Le cinquième jour, *Vendredi* : Le Piano de Pleyel et le Mobilier ordinaire.

Le sixième jour, *Samedi* : Les Tapis et les autres objets à vendre.

DÉSIGNATION

TABLEAUX ANCIENS

1 - BALEN (Van). Le Repos de la Sainte Famille. Des Anges apportent des fruits à l'Enfant Jésus.

2 — BIBBIENA. Ruines et Cavalier.

3 — BONAVENTURE (Peters). Marine, par un temps d'orage.

4 — BOURGUIGNON. Bataille.

5 — BRAMER (Léonard). (Deux pendants). Portrait d'un personnage oriental et Portrait de femme.
Deux peintures sur bois, de forme ovale, dans des cadres sculptés.

6 — BREUGHEL. Le Repos de la Sainte Famille.

7 — BREUGHEL (Pierre). Paysage et Figures.

8 — CASANOVA. Tambour à cheval.

9 — CALLOT (genre de). Chariot et personnages au bord d'une rivière.

10 — COQUES (attribué à Gonzalez). Portrait de femme.

11 — DEMARNE. Soldats attablés devant une auberge.

12 — DESPORTES (genre de F.). Fruits, Fleurs, Chien et Oiseaux, cadre sculpté.

13 — DE TROY. Portrait d'homme.

14 — DROUAIS (genre de H.). Enfant tenant une corbeille de raisins.

15 — DU JARDIN (d'après K.). Paysage avec rochers et cours d'eau.
Ovale dans un cadre sculpté.

16 — EISEN (Deux pendants). Amours voltigeant et jetant des fleurs.
Diane et des Amours.
Beaux panneaux de voiture dans des cadres sculptés.

17 — FRANCK. L'Adoration des Mages. Peinture sur cuivre,
de forme ovale, dans un cadre en bois sculpté.

18 — GRIEF. Orphée charmant les animaux.
Bon tableau signé.

19 — GUELDER (Arnould de). Vieillard causant avec une
femme assise devant une table sur laquelle se trouve
un cahier de musique.

20 — GUIDO RENI (d'après). Sainte Madeleine. Peinture sur
cuivre.

21 — HUBERT ROBERT. Monument en ruine et personnages.
Panneau ovale, dans un cadre sculpté.

22 — JOUVENET (genre de). Un des larrons attaché sur une
croix.

23 — LARGILLIÈRE (genre de). Portrait de femme.
Robe jaune décolletée et manteau bleu.
Toile ovale.

24 — LAURI (attribué à Ph.). Diane surprise par Actéon.

25 — LE DUC. Femme et Cavalier.

26 — LÉPICIÉ (attribué à). Petite fille faisant du tricot.

27 — MARTIN (Deux pendants). Choc de cavalerie.
Les prisonniers.

28 — MICHAUD (T.). Paysage avec cavaliers.
Peinture sur cuivre.

29 — MIEL (Jean). (Deux pendants). Bergers au repos.
Tableaux de forme ronde.

30 — MIGNARD (Pierre). La Madeleine en prière.
Bonne peinture dans un cadre en bois sculpté.

31 — MOLYN (attribué à P.). Paysage avec cours d'eau et
personnages.

32 — NETSCHER (genre de G.). (Deux pendants). Le Chat et
la Souris.
L'Amour enguirlandé.
Cadres sculptés.

33 — ORLEY (attribué à B. Van). Lucrèce.
Peinture sur bois dans un cadre en bois sculpté.

34 — OSTADE (d'après Ad. Van). Intérieur d'estaminet.
Cadre sculpté.

35 — PALAMÈDES. Dames et Seigneurs assis autour d'une
table.

36 — PATEL (genre de). Monuments en ruine.

37 — POEL (Van der). Le cheval de Troie traîné dans la
ville en feu.
Cadre sculpté.

38 — PRIMATICE (attribué au). Portrait de jeune femme en
buste.
Cadre sculpté.

39 — RAPHAEL (d'après). La Sainte Famille, Saint Jean et
Sainte Elizabeth.

40 — REMBRANDT (d'après). Portrait d'homme coiffé d'un
chapeau à large bord.

41 — RICCI (Sébastien). L'Adoration des bergers.
Jolie peinture dans un beau cadre en bois sculpté.

42 — RIGAUD (d'après H.). Portrait d'un Prince du sang.
Il porte une cuirasse et le grand cordon du Saint-
Esprit en sautoir.

43 — RIGAUD (d'après H.). Portrait de femme en robe bleue.
Toile ovale.

44 — ROTTENHAMER. (Deux pendants). Sujets bibliques.

45 — ROTTENHAMER. (Deux pendants). Vénus et l'Amour.
Nymphe couchée.
Peintures sur cuivre dans des cadres sculptés.

46 — ROTTENHAMER. Une reine, accompagnée de ses sui-
vantes, implorant devant les vainqueurs qui entrent
dans une ville conquise.

47 — RUBENS (attribué à P. P.). Enfant nu, debout.

48 — SALVATOR ROSA (attribué à). Soldats se partageant le
butin.

49 — SAUTÈRE. Jeune femme tenant un compas. (Allégorie).
Bonne peinture dans un cadre sculpté.

50 — SARAZIN. Paysage avec rivière.
Effet de clair de lune.

51 — STEEN (attribué à J.). Villageois causant et buvant
dans un intérieur.

52 — STEEN (genre de J.). Un fumeur.

53 — TINTORET (attribué au). Portrait d'homme.
Vu en buste, barbe blanche et manteau doublé de
fourrures.
Bonne peinture dans un cadre sculpté.

54 — VÉNIUS (Otto). La Charité.
    Sous les traits d'une jeune femme assise ayant avec
      elle trois enfants.
    Bon tableau dans un cadre sculpté.

55 — VÉNIUS (attribué à Otto). La Vierge, l'Enfant Jésus et
    un saint personnage.

56 — VICTOR ou FICTOR. Fête flamande.
    Importante composition animée par de nombreux
    personnages ; au centre, deux dames élégamment
    vêtues causent avec un gentilhomme, à droite, une
    marchande de fruits ; à gauche, des villageois
    causant et riant assis autour des tables.
    Signé à droite et daté.

57 — WITT (attribué à Emmanuel de). Traîneau et cavalier
    traversant la cour d'un palais.
    Effet de lumière.

58 — WOUVERMAN (d'après). Cavaliers rentrant de la chasse.

59 — WYCT (attribué à Thomas). Port de mer.
    Au premier plan des personnages auprès de nom-
    breux ballots de marchandise.

60 — ZORG. La ménagère hollandaise.

61 — ZUCCARELLI. Paysage avec tour en ruine au bord d'une
    rivière.

62 — ECOLE ESPAGNOLE. Jeune homme et jeune femme te-
    nant un violon.

63 — ECOLE ESPAGNOLE (Deux pendants). Les Moissonneurs.

64 — ECOLE FLAMANDE. Vénus commandant à Vulcain des
    armes pour Énée.
    Bonne peinture dans un riche cadre en bois sculpté.

65 — ECOLE FLAMANDE. Le Jugement de Salomon.

66 — ECOLE FRANÇAISE (Deux pendants). Bethsabée recevant
    la lettre du roi David.
    Guerrier venant demander la main d'une jeune
      princesse.
    Beaux dessus de portes.

67 — ECOLE FRANÇAISE (Deux pendants). Alexandre et les
    femmes de Darius.
    Sujet biblique.

68 — ECOLE FRANÇAISE. Samson et Dalila.

69 — ECOLE FRANÇAISE. Portrait de jeune femme, robe décolletée, écharpe en soie rose.
Toile ovale.

70 — ECOLE FRANÇAISE (Deux pendants). Portraits de femmes.
Toiles ovales dans des cadres sculptés.

71 — ECOLE FRANÇAISE. Portrait de jeune femme, robe jaune
décolletée et écharpe bleue.
Toile ovale.

72 — ECOLE FRANÇAISE. Portrait d'un officier supérieur.
Il porte une cuirasse et tient à la main le bâton
fleurdelisé.

73 — ECOLE FRANÇAISE. Portrait de femme.
Toile ovale.

74 — ECOLE FRANÇAISE. Portrait d'homme.
Toile ovale.

75 — ECOLE FRANÇAISE (Deux pendants). Portraits de femmes.
De forme ronde dans des cadres en bronze doré.

76 — ECOLE FRANÇAISE. Portrait d'homme portant une cuirasse.
Toile ovale.

77 — ECOLE FRANÇAISE. Portrait d'un ecclésiastique.
Toile ovale.

78 — ECOLE FRANÇAISE. Portrait d'homme.

79 — ECOLE FRANÇAISE. Portrait d'homme.

80 — ECOLE FRANÇAISE. Portrait d'homme.

81 — ECOLE FRANÇAISE. Jeune femme tenant une pomme.

82 — ECOLE FRANÇAISE. Jeune ménagère préparant le dîner.

83 — ECOLE FRANÇAISE. Tête d'homme.
Peinture sur bois de forme ronde.

84 — ECOLE FRANÇAISE. Arlequin et un joueur de vielle.

85 — ECOLE FRANÇAISE (Deux pendants). Bergers et animaux.

86 — ECOLE FRANÇAISE. Paysage.

87 — ECOLE FRANÇAISE. Femme et enfant chinois.
Panneau de chaise à porteur.

88 — ECOLE FRANÇAISE (Deux pendants). Villageois en voyage.
Panneaux de chaise à porteur.

89 — ECOLE HOLLANDAISE. Portrait d'un homme âgé.

90 — ECOLE HOLLANDAISE. Personnages autour d'une table.

91 — ECOLE HOLLANDAISE. Portrait d'homme avec collerette.

92 — Ecole hollandaise. Femme et enfants faisant des
   crêpes.
93 — Ecole hollandaise. Paysage avec figures.
   Bois de forme ronde.
94 — Ecole italienne (Deux pendants). Le triomphe de
   Bacchus.
   Les dieux de l'Olympe.
95 — Ecole italienne. La Vierge et l'Enfant Jésus.
96 — Ecole italienne. Sainte martyre.
   Peinture octogone dans un cadre sculpté.
97 — Ecole italienne. Les personnages de la comédie italienne.
   Peinture sur bois dans un cadre sculpté.
98 — Ecole italienne. Femmes à une fontaine.
99 — Ecole italienne. Le Prisonnier.
100 — Ecole italienne. Vierge et Enfant Jésus.
101 — Ecole italienne. Têtes d'anges.
102 — Ecole italienne. Fleurs et plat de fraises.
103 — Ecole italienne. Fruits et tapis.
104 — Ecole moderne. Portrait d'homme dans un cadre
   sculpté.

GRAVURES

1,200 gravures et estampes des XVIe, XVIIe, XVIIIe et
XIXe siècles.

PORCELAINES DE CHINE ET DU JAPON

Vase en ancienne porcelaine de Chine, émaillé bleu uni,
monté en guise de fontaine sur un socle en bronze doré
enrichi de deux cygnes et de fleurettes de porcelaine époque Louis XV.

Assiettes et plats à décor de paysages et d'oiseaux en
émaux, de la famille verte.

Assiettes à décor de fleurs et d'ornements en émaux, de la
famille rose.

Assiettes et plats en vieux Japon à décor en bleu, rouge
et or.

Assiettes en ancienne porcelaine dite de l'Inde à décor de fleurs et d'ornements en émaux et couleur.

Vases, coupes, bols, tasses, etc., en ancienne porcelaine de Chine, du Japon et de l'Inde.

PORCELAINES DIVERSES

Plats, assiettes, jardinières, etc., en porcelaine de Saxe, de Sèvres, de Chantilly, de Tournay, etc.

Cafetière et bol en vieux Saxe de belle qualité.

Groupes et statuettes en biscuit.

FAIENCES

Quelques pièces de faïences des fabriques françaises et hollandaises.

Grand et beau plateau rectangulaire à angles coupés, en ancienne faïence de Rouen à riche décor de style chinois, en bleu et rouille. Il est monté sur une table.

OBJETS VARIÉS

Emaux cloisonnés de la Chine.

Groupes et statuettes en pierre de lard.

Boîtes en laque.

Coffrets en cuir.

Boîtes en vernis, genre Martin.

Boîtes en bois sculpté.

Verrerie de Venise et de Bohême.

BRONZES D'AMEUBLEMENT

Pendules, flambeaux, chenets des époques Louis XV et Louis XVI.

Lustre Louis XIV, garni de cristaux.

Lustre du temps de l'Empire, en bronze et cristaux.

Bras appliques des époques Louis XV et Louis XVI.

TAPISSERIES

Fauteuil d'épinette en bois sculpté et doré du temps de Louis XVI, avec siège couvert en tapisserie de Beauvais. — Ce siège a été, dit-on, offert par le Roi à Grétry. Le dossier présente du reste divers attributs se rapportant à la musique.

Divers autres sièges couverts de tapisseries.

Tapisserie Louis XV à personnages dans un paysage, dans le goût de Watteau.

Tapisserie de même époque à sujet champêtre.

Tapisserie analogue à celle qui précède mais plus petite.

Deux portières à bandes de tapisseries au point du temps de Louis XIV, encadrées de velours et doublées de damas ancien.

Deux portières analogues à celles qui précèdent.

Tapis de table en tapisserie et velours.

Fort lot de tapisseries au point pour sièges.

ÉTOFFES

Tenture de soie à raies jaunes et bleues.

Rideaux en damas rouge.

Divers rideaux de soie et coupes d'étoffes variées.

DENTELLES

Quantité de dentelles des diverses fabriques françaises et étrangères : Malines, Valenciennes, Alençon, Venise, Angleterre, etc.

MEUBLES ANCIENS

Crédence en bois sculpté de style Renaissance.

Commode cintrée du temps de Louis XVI, en bois d'acajou garnie de bronze.

Commode Louis XVI en marqueterie italienne.

Secrétaire Louis XV en marqueterie de bois.

Joli petit meuble d'entre-deux à contours du temps de Louis XV, en bois de placage et à dessus de marbre.

Petites commodes Louis XVI en marqueterie de bois, garnies de cuivres et à dessus de marbre.

Chiffonnier, vitrines, armoires, encoignures des époques Louis XV et Louis XVI.

Consoles en bois sculpté et doré, des époques Louis XV et Louis XVI, à dessus de marbre.

Meuble d'entre-deux orné de panneaux de laque garnis de bronzes et à dessus de marbre.

GLACES

Huit grandes glaces avec cadres en bois sculpté et doré, des époques Louis XIV, Louis XV et Louis XVI.

MEUBLES MODERNES

Service en porcelaine et cristaux de table.

Meubles, tels que : couchettes, armoires, commodes, secrétaires, toilettes, buffets, bibliothèques, tables à divers usages.

Piano à queue de Pleyel.

Meuble de salon en palissandre, couvert de brocard cerise à sujets grisailles, composé de : 1 canapé, 1 fauteuil-voltaire, 6 autres fauteuils et 6 chaises.

Quantité d'autres sièges divers.

Matelas, traversins, couvertures.

Grands et petits tapis d'appartement. — Rideaux

Versailles. — Imp. E. Aubert.